Philip Besley

la courte échelle

D1248274

Les éditions la courte échelle inc.
Montréal • Toronto • Paris

Bertrand Gauthier

Bertrand Gauthier est le fondateur des éditions la courte échelle. Il a publié plusieurs livres pour enfants dont les séries *Zunik*, *Ani Croche* et *Les frères Bulle*. Il a également publié deux romans pour adultes. C'est un adepte de la bonne forme physique. Selon lui, écrire est épuisant et il faut être en bonne forme pour arriver à le faire. Mais avant tout, Bertrand Gauthier est un grand paresseux qui aime flâner. Aussi, il a appris à bien s'organiser. Pour avoir beaucoup... beaucoup de temps pour flâner.

Paul Rossini

Paul Rossini est né une fin d'automne 1957, par temps brumeux. Dès son plus jeune âge, il manifeste son attrait pour les arts plastiques. À l'âge de seize ans, il prend la décision d'en faire carrière et choisit alors pour réaliser son rêve, la voie des publications...

Une quinzaine d'années plus tard, flirtant avec divers genres (vidéo, ordinateurs et musique), il continue de dessiner, de communiquer et de découvrir.

Les éditions la courte échelle inc.
5243, boul. Saint-Laurent
Montréal (Québec) H2T 1S4

Conception graphique:
Derome design inc.

Révision des textes:
Odette Lord

Dépôt légal, 3e trimestre 1988
Bibliothèque nationale du Québec

Données de catalogage avant publication (Canada)

Gauthier, Bertrand, 1945-

Pas fous, les jumeaux!

(Premier Roman ; 1)
Pour les jeunes.

ISBN 2-89021-082-0

I. Rossini, Paul. II. Titre. III. Collection.

PS8563.A97P37 1988   jC843'.54   C88-096243-7
PS9563.A97P37 1988
PZ23.G38Pa 1988

Bertrand Gauthier

Pas fous,
les jumeaux!

Illustrations
de Paul Rossini

1
Qui est qui?

Les frères Bulle sont des jumeaux.

Identiques, ce qui est rare.

En tout cas, beaucoup plus rare que vous et moi ou que des jumeaux non identiques.

Partout, on les appelle les jumeaux Bulle. Pour tout le monde, c'est beaucoup plus simple ainsi. Les Bulle sont vraiment trop difficiles à différencier.

Imaginez.

Même leurs parents, qui les connaissent pourtant bien, n'y arrivent pas.

Qui est Bé Bulle?

Qui est Dé Bulle?

Alors, si Ma et Pa Bulle donnent leur langue au chat, c'est bien normal que les étrangers ne s'y retrouvent plus.

Des différences, les Bulle en ont sûrement. Mais beaucoup moins que la plupart des gens.

Et puis, les petites différences qu'ils peuvent avoir sont invisibles à l'oeil nu. Même leurs nombrils et leurs empreintes digitales sont semblables.

Et ça, il faut l'admettre, ça sort de l'ordinaire.

***

Quand ils étaient très jeunes, leur grande ressemblance leur avait rendu un fier service.

En effet, âgés d'à peine six mois, ils avaient pu tourner dans un film à très gros succès intitulé *Un bébé dans les pattes*.

C'était une comédie racontant les hauts et les bas de la vie de trois frères célibataires qui reçoivent en cadeau un bébé encore aux couches.

Tout au long du film, les trois

héros ne savent plus où donner de la tête.

Les pauvres!

Dans ce film, Bé et Dé ont été admirables de vérité et de justesse. Les journaux, la télévision, la radio, partout l'on a vanté leur grand talent de comédien.

À l'unanimité, on les a proclamés grandes vedettes. Leur photo était sur la page couverture de tous les magazines.

Cette année-là, ils ont même remporté la Couche d'or pour la qualité de leur interprétation dans le film. Il faut dire que les Bulle étaient les seuls en lice dans leur catégorie.

Tout de même.

Malgré les apparences, ce n'était pas un rôle facile à jouer.

Loin de là.

Il fallait pleurer au bon moment et faire pipi quand le réalisateur en avait besoin. Le caca, il faut bien l'admettre, c'était toujours un peu délicat de le faire sur commande.

Dans ces moments-là, les jumeaux Bulle se relayaient. Alors, il y en avait toujours un des deux qui arrivait à garnir sa couche au bon moment.

Au grand soulagement du réalisateur.

Pour jouer ce rôle difficile au cinéma, un seul bébé n'y serait jamais arrivé. Mais les Bulle, à eux deux, ont réussi.

Deux pour tous et tous pour deux.

À l'époque, c'était déjà leur devise.

Les jumeaux Bulle ont ainsi fait le tour du monde.

Sur grand écran, bien entendu.

On les a vus au Québec, aux États-Unis, en France et même au Japon.

Malheureusement, les jumeaux ne se souviennent de rien. Ils étaient beaucoup trop

petits pour comprendre ce qui se passait. D'ailleurs, on ne leur en demandait pas tant.

Pleurs, cris, sourires, pipis, cacas, gagas.

C'était suffisant.

Très jeunes, ils ont donc commencé à collaborer l'un avec l'autre. Par la suite, ils n'ont jamais arrêté de le faire.

Et monsieur Ha, le marchand de crème glacée, reste une de leurs victimes préférées.

2
Pauvre monsieur Ha!

Il faut d'abord expliquer.

Dé adore la crème glacée au chocolat mais Bé aime mieux celle à l'érable et aux noix. Cela aurait pu devenir un sujet de dispute entre eux.

Mais au contraire, les jeunes frères Bulle ont encore su tirer profit de la situation.

Quand on sait en profiter, être des jumeaux identiques, c'est plein d'avantages. C'est comme être unique, mais à deux.

Au lieu de se chamailler et de s'opposer l'un à l'autre, les jumeaux ont donc conclu un pacte.

Pour le choix de la crème glacée, chacun son tour.

Leur raisonnement est simple: pourquoi payer deux cornets de crème glacée quand on peut en payer un seul et en avoir deux?

Leur technique est rapide et efficace.

Il faut préciser que, dans un tel cas, les jumeaux doivent s'habiller exactement de la même manière. C'est essentiel à la réussite de leur projet.

Même s'ils n'aiment pas tellement se vêtir de façon identique, ils le font quand les circonstances l'exigent.

Et pour un cornet de crème glacée, les frères Bulle sont prêts à tous les sacrifices.

Supposons que c'est le tour du cornet au chocolat.

Dé entre seul chez monsieur Ha et lui demande un cornet au chocolat. Le bon commerçant le lui prépare gentiment. Dé le paie et le remercie poliment.

Pendant ce temps-là, Bé est caché dehors près de la porte d'entrée. Il est déguisé en homme invisible.

C'est important que le marchand de crème glacée ne le voie pas. Car s'il aperçoit Bé, le plan risque d'échouer.

Au moment précis où monsieur Ha a le dos tourné, Dé disparaît alors en vitesse.

Ni vu, ni connu.

Et au même instant, Bé apparaît et demande au commerçant:

— Monsieur, avez-vous oublié mon cornet au chocolat?

Le marchand hésite, regarde un peu partout et recule de quelques pas.

— Mais je viens de vous le servir, répond monsieur Ha plutôt éberlué.

— Mais non, insiste Dé. Regardez, mes mains sont vides. Je n'aurais quand même pas pu manger un cornet de crème glacée au chocolat en si peu de temps. Et puis, j'aurais quelques traces de chocolat autour de la bouche. Mais je n'en ai pas. Alors mon cornet, s'il vous plaît?

Le pauvre commerçant ne sait plus où donner de la tête. Il se dit probablement qu'il a des visions parce qu'il travaille trop fort.

Il sert alors un cornet de crème glacée au chocolat à Bé.

Et le tour est joué.

Deux pour le prix d'un.

3
L'école

À l'école, les adultes font toujours un drôle de raisonnement au sujet des jumeaux Bulle. Ils disent tous:

— Dans la vie, ils sont toujours ensemble. Trop, c'est trop. Au moins, à l'école, ils ne seront pas dans la même classe.

Les jumeaux Bulle écoutent poliment ce raisonnement. Même s'ils ne sont pas d'accord, ils ne disent pas un mot.

Au contraire, ils cherchent à démontrer qu'ils tiennent beaucoup à être dans la même classe.

— Ne nous séparez pas, non,

ne faites pas ça, supplient les jumeaux.

Face à cette insistance de leur part, les adultes se disent qu'ils ont raison d'agir ainsi.

— Nous prenons une sage décision de les séparer, ajoutent-ils alors. C'est dans l'intérêt

des jumeaux que nous le faisons. Dans la vie, qu'on soit jumeaux ou autres, on doit développer sa propre personnalité, son individualité, son style.

Les adultes ont toujours le même discours.

Mais pour les Bulle, l'important, ce n'est pas ça. Souvent, ils ont l'impression d'être les deux morceaux d'un même casse-tête. Chacun a une moitié de la solution.

Alors, ils cherchent toujours à s'unir. S'ils le pouvaient, ils prendraient le même nom. Tous les deux s'appelleraient alors BéDé Bulle. Ce serait tellement plus simple.

Pour eux et pour tout le monde.

Finis tous les efforts pour

chercher à les différencier l'un de l'autre!

Finies les chinoiseries d'individualité!

Mais Bé et Dé savent bien que ce n'est pas possible.

Un individu égale un nom. Deux individus égalent deux noms. C'est ainsi fait.

Pour eux, comme pour tout le monde.

Croyant alors leur rendre service, les adultes séparent les jumeaux. Bé et Dé se retrouvent donc toujours dans deux classes différentes.

Pour leur plaisir.

Et à leur grand soulagement.

En agissant de la sorte, il est vrai que les adultes donnent un fier coup de main aux deux frères. Cependant pas tout à fait dans le même sens qu'ils croient.

En effet, en les séparant ainsi, les adultes permettent alors aux jumeaux de devenir des experts en camouflage.

Et des modèles de réussite scolaire.

En unissant leurs forces, les jumeaux arrivent à en dépasser beaucoup qui sont seuls. Ils

peuvent se compléter et à deux, devenir les meilleurs.

Ils ont compris ça vite.

Et à l'école, ça leur est très utile.

4
Pas fous, les jumeaux!

Heureusement pour eux, dans les matières scolaires, les jumeaux Bulle se complètent très bien.

Dé adore le sport et les mathémathiques. Bé, lui, préfère les classes de français et de géographie.

Quand vient l'heure des cours d'éducation physique ou de maths pour Bé et de français ou de géographie pour Dé, les jumeaux changent donc de classe.

Simple comme bonjour.

Dès que la cloche sonne pour annoncer le début de la récréation, Bé et Dé se retrouvent aussitôt aux toilettes.

En vitesse, ils se déshabillent et se rhabillent avec les vêtements de l'autre.

C'est leur méthode habituelle.

En deux temps, trois mouvements, Bé devient Dé.

Et Dé est maintenant Bé.

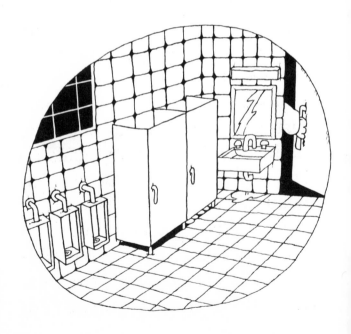

En toute tranquillité, à la fin de la récréation, chacun retourne dans la classe de l'autre.

Ainsi, aux yeux des adultes, les jumeaux sont de friands et habiles sportifs et ont aussi d'excellents résultats scolaires.

Tous les deux.

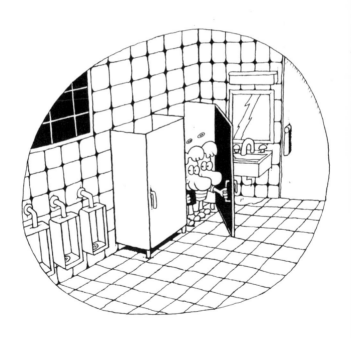

Ils nagent comme des poissons, courent comme des gazelles et patinent comme de vrais professionnels.

Tous les deux.

Ils font très rarement des fautes d'orthographe et savent même écrire le mot le plus long du dictionnaire sans la moindre erreur.

Tous les deux.

Ils peuvent facilement additionner 323 et 436. Ils connaissent aussi la population de la terre.

Tous les deux.

Des élèves modèles, quoi!

Et bourrés de talent.

Une vraie fierté pour leurs parents.

Les jumeaux, eux, savent pourquoi ils réussissent si bien dans toutes les matières. Mais ils ne vont quand même pas le crier sur tous les toits.

Pas fous, les jumeaux!

Motus et bouche cousue!

Ah! oui, avant de l'oublier, quel est le mot le plus long du dictionnaire que les jumeaux Bulle peuvent écrire sans faute?

Simple petit jeu pour vérifier si vous savez écrire aussi bien que les jumeaux Bulle.

Voici des indices: mot de vingt-cinq lettres qui commence par un a et qui s'écrit avec cinq n, trois e, trois i, cinq t et plusieurs autres lettres.

Et le nombre 323 additionné à 436, combien ça fait?

Et enfin, quelle est la population de la terre?

Ces réponses se retrouvent toutes quelque part dans ce roman.

À vous de les trouver.

Et de vous pratiquer à devenir aussi savants que les frères Bulle.

***

Revenons à nos jumeaux.

Néanmoins, malgré leur habileté à déjouer les adultes, Bé et Dé ont une peur bleue.

En effet, s'il fallait que les adultes décident, un jour, de les mettre dans la même classe, ce serait la catastrophe!

Ils se rendraient vite compte des performances ridicules de Bé dans un gymnase.

«Je ne suis pas encore capable de faire une culbute, songe souvent Bé. Imaginez que je ne sais même pas nager. C'est normal, je ne me suis jamais pratiqué. D'ailleurs, pourquoi le ferais-je? Dé est là pour ça.

Habile et souple, il est le roi des acrobates et le prince des nageurs.»

En lisant les vraies compositions de Dé ou en corrigeant

ses véritables dictées, les che-
veux des pauvres adultes leur
dresseraient sûrement sur la
tête.

Il y a de quoi!

«Mèresci, Bé, de korigé toutt mais fotes dortograffe. Graça-toi, je vais pouvoir me rendre jusqu'à l'univercité sent pro-blaime.»

Il faut les comprendre d'avoir peur.

S'il fallait...

5
Les distractions

À l'école, les frères Bulle n'arrivent pas à se faire des amis. Avec tous ces fréquents changements de classe, ils se retrouvent souvent en compagnie des amis de l'autre.

C'est un problème.

Disons que Bé est dans la classe de madame Za. Après un changement, quand Dé arrive dans la classe de madame Za, il ne trouve pas intéressants les amis de Bé. Il préfère les siens dans la classe de monsieur Fa.

Pour Bé, c'est le même problème. Il considère que les amis de Dé sont trop nerveux et trop

bavards. Mais il se doit de leur répondre puisqu'il est devenu Dé, l'espace de quelques heures.

Il y a aussi une autre complication à tous ces changements répétés de classe.

Et c'est bien difficile de l'éviter.

Juste après la récréation, quand l'un des jumeaux revient dans la classe de l'autre, il est quelquefois pris au dépourvu par un des professeurs.

— Mais voyons, avant la récréation, on parlait de quoi au juste? demande alors madame Za, la professeure de Bé.

C'est bien embêtant de répondre.

Avant la récréation, Bé n'était pas où il aurait dû être.

Dans ces cas-là, les jumeaux

ne voient qu'une seule solution:
avouer leur trop grande distraction. Ils ont fait un pacte et
se sont entendus pour dire la
même chose.

C'est pourquoi, dans leur
bulletin, les frères Bulle ont

souvent des remarques particulières de monsieur Va, le directeur de l'école.

Pour écrire facilement
anticonstitutionnellement
Bé et Dé
se sont bien appliqués.

Pour nager habilement
et courir rapidement
Bé et Dé
n'ont rien à se reprocher.

Mais nous devons vous parler
d'une chose souvent remarquée
Bé et Dé ont des distractions
difficiles à expliquer.

Bé et Dé
devraient se corriger
de ces distractions
759 fois répétées.

La lune est belle
à regarder
mais ne devrait pas être celle
que l'on aime fréquenter.

6
Un secret bien gardé

Les jumeaux se mordent les lèvres pour ne pas dire la vérité à leurs parents. Ce serait si simple de tout avouer et d'expliquer pourquoi ils ne sont pas vraiment distraits.

Mais ils ne peuvent pas. Personne ne doit se douter qu'ils échangent leurs places régulièrement. Surtout pas Pa et Ma.

Les parents des Bulle n'osent pas trop les disputer car Bé et Dé ont tout de même de bons résultats scolaires.

À vrai dire, Pa et Ma sont plutôt fiers de leurs jumeaux.

Après tout, selon eux, la

réussite en classe est quand même plus importante que des petites distractions passagères.

Et puis, il faut bien le dire,

Pa et Ma ne peuvent pas vraiment en vouloir à leurs enfants d'être de grands distraits.

Eux-mêmes le sont tellement.

Un jour, Ma a jeté aux poubelles tous les cahiers d'exercices de Dé. Elle croyait que c'étaient des vieux papiers. Heureusement pour lui, Dé avait réussi à les récupérer à temps.

Pauvre Dé!

La frousse de sa vie!

Juste à y penser, Dé en frissonne encore. Reprendre tous ses cahiers de français.

En fait, il en frissonne pour Bé. Car c'est son jumeau qui aurait eu à tout refaire les exercices. L'expert en orthographe, ce n'est pas Dé, c'est Bé.

— Tu devrais me remercier,

Bé, car je t'ai sauvé des longues heures de travail, avait dit Dé en riant.

Depuis ce jour-là, Dé ne prend cependant plus aucun risque: il dort toujours avec ses cahiers d'exercices sous son oreiller.

Pa, lui, n'est pas tellement mieux.

Il a déjà mis une douzaine d'oeufs dans la garde-robe, sa cravate dans le réfrigérateur et ses bas de laine dans ses mains à la place de ses mitaines.

S'il y avait un concours du roi des distraits, Pa aurait des chances. Mais le jour du concours, il se rendrait sûrement au mauvais endroit.

Par pure distraction.

Et Ma le chercherait dans le

réfrigérateur.

Par pure distraction.

Drôle de famille que ces Bulle!

***

Mais non, madame Za, les jumeaux Bulle ne sont pas distraits. Bien au contraire. En tout cas, ils le sont beaucoup moins que leurs parents.

Vous vous trompez, monsieur Fa. Bé et Dé sont plus attentifs que la plupart des autres élèves. Ils doivent l'être pour réussir tous ces changements répétés de classe.

Monsieur Va, les jumeaux lunatiques n'ont pas l'intention d'aller vivre ailleurs que sur la terre. Ils font bien partie des cinq milliards d'habitants de notre planète. Rassurez-vous, ils ne fréquentent pas la lune si souvent que ça.

La vérité est tout autre.

Les jumeaux Bulle ont un secret.

Un immense secret qu'ils ne peuvent partager avec personne.

Pas même avec leurs parents.

Et ils ont l'intention que ça reste encore leur secret bien longtemps.

Toujours, si possible.